Sara

L.O.L. SURPRISE!™

Novélisation : Catherine Kalengula.
Conception graphique : Claire Kocik.
Mise en pages : Le chalet graphique.

Hachette Livre, 58, rue Jean-Bleuzen, 92178 Vanves Cedex.

L.O.L. SURPRISE!™

Moi, peur ? Jamais !

hachette JEUNESSE

Bébé Bonita

Club Spooky

Tout effraie Bébé Bonita, surtout la veille d'Halloween ! Pourtant, elle se plie en quatre pour rendre sa maison effrayante et faire plaisir à son petit frère.

Lil Bébé Bonito

Club Spooky

Le frère de Bébé Bonita réclame sans cesse des histoires qui font peur. Et à Halloween, pas question de manquer à cette tradition !

Demain a lieu la journée la plus frissonnante de l'année, celle qui vous donne la chair de poule – et peut-être aussi, en prime, quelques caries ! Bébé Bonita, du club Spooky, aime bien cette journée. Ce qu'elle préfère ? Découper des citrouilles ! Mais elle ne leur dessine jamais un sourire mauvais, ah ça non ! Ses citrouilles ont toujours l'air amicales et gentilles. De vraies petites citrouilles de compagnie !

Comme Halloween approche à grands pas, Bébé Bonita sort les citrouilles qu'elle a achetées au marché pour l'occasion. Place à l'atelier découpage ! Son petit frère, Lil Bébé Bonito, la rejoint dans la cuisine.

– Dis, on pourrait faire des citrouilles qui font peur, cette année ? demande-t-il, suppliant. Je voudrais bien qu'on décore la maison aussi…

Sa sœur réfléchit.

– Avec des guirlandes en papier, tu veux dire ? En forme de citrouilles ?

– Et pourquoi pas en forme d'araignées ? propose Lil Bébé Bonito, tout excité. D'énormes araignées poilues avec de gros yeux !

Là, c'est Bébé Bonita qui écarquille les yeux. Elle a une frousse bleue des araignées – même de celles qui sont en papier. Elle sait que c'est bête : ces bestioles ne sont pas méchantes et elles tissent de superbes toiles. Mais la peur, ça ne s'explique pas ! Rien que de penser aux araignées et à toutes leurs petites pattes velues, elle en a des sueurs froides.

– Euh, c'est vraiment ce que tu veux ? hésite-t-elle. Et si on fabriquait des guirlandes en forme d'étoiles ou de croissants de lune, plutôt ?

Mais Lil Bébé Bonito ne paraît pas très convaincu.

– En forme de chauves-souris avec des crocs pointus, sinon ?

Bébé Bonita manque de s'évanouir.

– Des crocs pointus ?

– Oh, et si je me déguisais en vampire ? s'exclame-t-il, avant de pousser un rugissement qui fait sursauter sa sœur. *Grrr !* Ce serait trop bien ! Ou en zombie, tiens !

Il s'amuse à lâcher des grognements

et à marcher les bras tendus, comme les morts-vivants dans les films.

– Tu es sûr que tu ne préférerais pas te déguiser en jolie petite citrouille ? lui suggère Bébé Bonita. Tu serais si mignon !

Il va se rasseoir, avec une moue déçue.

– Mouais, comme tu veux, marmonne-t-il. C'est juste que j'aimerais bien avoir une vraie soirée d'Halloween, pour une fois. Je ne suis plus un bébé, tu sais…

Bébé Bonita sent son cœur se serrer. Pour elle, faire plaisir à son petit frère compte plus que tout ! Et puis c'est vrai qu'il a grandi… un peu.

Elle lui sourit.

– Entendu. Cette année, nous allons organiser une vraie soirée d'Halloween, avec des araignées poilues et des chauves-souris pleines de dents.

– Et des gâteaux en forme d'œil ? ajoute-t-il. Dis oui, s'il te plaît !

– Pour ça, on verra, répond-elle, dégoûtée d'avance. En revanche, tu pourras te déguiser en mini-zombie, si tu veux.

– Tu vas me raconter des histoires qui font peur aussi ? demande Lil Bébé Bonito, fou de joie. Avec les lumières éteintes ?

Il sort le livre qu'il cachait dans son dos, dont le titre est *Histoires terrifiantes.*

Gloups. Pas vraiment de quoi rassurer Bébé Bonita ! Mais que ne ferait-elle pas pour combler son petit frère adoré ? Lorsqu'elle hoche la tête, il bondit dans ses bras.

– Youpiii ! s'écrie-t-il. Ça va être la soirée d'Halloween la plus géniale de ma vie !

2
Les préparatifs de la peur

Bébé Bonita passe le reste de sa journée à décorer la maison. Avec l'aide de son petit frère, elle découpe des guirlandes en forme de grosses araignées et d'autres en forme de chauves-souris aux crocs pointus. Le résultat est parfait. Tellement parfait qu'après les avoir

accrochées, Bébé Bonita ose à peine les regarder ! Lil Bébé Bonito semble ravi.

– Trop beau ! se réjouit-il. Maintenant, on fait des toiles d'araignées !

– Euh, tu crois vraiment que c'est une bonne idée ? doute sa sœur.

Mais, une nouvelle fois, elle n'a pas le cœur de refuser. Alors elle fabrique de grandes toiles à l'aide de fils et de coton, qu'elle place un peu partout dans la maison. À la demande de Lil Bébé Bonito, ses citrouilles ont un sourire mauvais. Et c'est encore pire quand on allume une bougie à l'intérieur. Là, elles ont l'air carrément... diaboliques !

– Ha ha ha, j'adore ! rigole Lil Bébé Bonito.

Vient ensuite le moment de préparer des pâtisseries. Pour cela, Bébé Bonita trouve des recettes sur Internet : gâteau en forme d'œil, de doigt… La B.B. ne se sent pas bien du tout ! Enfin, elle trouve un biscuit qui l'effraie un peu moins.

– Des meringues en forme de petits fantômes, ça te va, mon ange ? demande-t-elle à son frère.

– Ouiiii ! s'exclame-t-il, bouillonnant d'excitation.

Ouf, sa sœur est bien soulagée…

Une fois ses biscuits terminés, elle va chercher du maquillage. Même si Halloween n'a lieu que le lendemain, elle veut que le déguisement de Lil Bébé Bonito soit parfait. Alors elle préfère s'entraîner ! Elle étale du fard verdâtre sur les joues de

son petit frère – pour lui donner un teint de zombie – et du crayon noir autour des yeux. Il n'y a plus qu'à s'admirer dans le miroir !

– Super, je fais trop peur ! se réjouit-il.

Ce n'est pas sa sœur qui va le contredire…

La journée file à toute vitesse, et la maison est fin prête pour Halloween. Avec de vieux cartons, Bébé Bonita a fabriqué un squelette grandeur nature. Et Lil Bébé Bonito lui a donné un nom : Sac d'os. Ça a bien fait rire sa sœur… Même si elle n'a qu'une hâte : décrocher Sac d'os et le ranger dans le grenier, jusqu'à l'année prochaine ! Pour rendre la décoration encore plus saisissante, la B.B. a recouvert ses lustres d'un fin tissu vert.

Ambiance glauque garantie ! Les enfants du quartier vont sûrement adorer. D'ailleurs, Bébé Bonita a suspendu

une pancarte sur sa porte : « Entrez sans frapper ! » Comme ça, ils découvriront l'intérieur de la maison… avant de recevoir une pluie de bonbons !

Après tous ces préparatifs, il est maintenant temps d'aller au lit !

Soudain, alors que Bébé Bonita s'assoupit, un fantôme surgit dans la chambre. Il a une drôle de silhouette, et surtout, deux têtes : une de taille normale et une autre plus petite. Quelle horreur !

– *Ouuuh !* hurle-t-il. *Ouuuh !*

– Au secours ! s'affole Bébé Bonita.

Le fantôme éclate de rire. Et ça, c'est un rire que la B.B. reconnaîtrait entre mille… Lil Bébé Bonito ôte le drap qui les recouvrait, lui et Bon Bon Meow,

le chat de Bon Bon, qui traîne souvent dans la maison. La petite tête, c'était celle du matou !

– Vous m'avez fait une de ces peurs ! lance Bébé Bonita.

Lil Bébé Bonito lui tend son livre.

– Tu me racontes une histoire ? demande-t-il.

Il se met au lit tandis que Bébé Bonita entame sa lecture. C'est l'histoire d'une sorcière et d'un

fantôme qui, la nuit, s'amusent à venir réveiller les gens endormis.

– *La B.B. dormait comme un bébé, quand soudain… un bruit retentit dans sa maison*, raconte-t-elle, avant de s'arrêter, frémissante. Euh, je te lirai la suite

demain, d’accord ? Ou peut-être l’an prochain… Oui, l’an prochain, c’est mieux.

– Non, s’il te plaît, continue ! la supplie son frère. Je veux connaître la fin !

Bébé Bonita trouve le conte terrifiant. Mais elle va jusqu’au bout pour faire plaisir à Lil Bébé Bonito.

Et le petit garçon s'endort, un large sourire aux lèvres…

Tandis que Bébé Bonito dort à poings fermés, sa grande sœur n'arrive pas à trouver le sommeil. Elle pense à l'histoire de sorcière et de fantôme. Oh, elle sait bien que c'est juste un conte ! Enfin, certainement…

Elle se tourne et se retourne dans son lit, quand soudain…

un bruit retentit. Comme une sorte de craquement.

– C'était quoi, ça ? s'inquiète Bébé Bonita.

Le cœur battant, elle se lève. Et si l'histoire du livre était vraie ? Si une sorcière et un fantôme s'amusaient à venir réveiller les gens, la veille d'Halloween, pour les effrayer ? Et s'ils étaient… ici ? La B.B. jette un regard à Lil Bébé Bonito paisiblement endormi, avant de sortir de la chambre. Le bruit provenait du couloir, semble-t-il. Tout est sombre aux alentours…

– Reste zen, tente-t-elle de se calmer. C'est sûrement juste le plancher qui a craqué…

Mais voilà que le bruit résonne à nouveau !

Et là, au bout du couloir, Bébé Bonita se rend compte que la porte d'entrée est ouverte. Un fantôme peut traverser les murs, mais pas une sorcière. Ça ne peut donc signifier qu'une chose : l'abominable duo se trouve dans la maison !

– Au secours ! s'écrie-t-elle.

Alors qu'elle se met à courir, une silhouette surgit devant elle. La B.B. se fige aussitôt. Même si elle est morte de peur, elle serait prête à tout pour

défendre son petit frère. Ah ça, oui ! Avec bravoure, elle lève son menton tremblotant, sans aller jusqu'à regarder la créature.

– Prenez garde, qui que vous soyez, je ne compte pas vous laisser faire ! la prévient-elle.

– Mais qu'est-ce que tu fais ? lui demande une petite voix derrière elle.

La B.B. pousse un hurlement de surprise, avant de comprendre que c'est Lil Bébé Bonito. Elle s'empresse de le prendre dans ses bras.

– Je t'ai entendue crier, explique-t-il, à moitié endormi. Qu'est-ce qu'il se passe ?

– Écoute-moi bien, mon ange, murmure-t-elle d'un ton grave.

Tu sais, le fantôme et la sorcière de l'histoire ? Eh bien, ils sont là ! Mais surtout, n'aie pas peur. Ta courageuse grande sœur va vite les chasser !

Son frère applaudit.

– Oh, tu as préparé un spectacle d'Halloween exprès pour moi, c'est ça ? se méprend-il.

– Ce n'est pas un spectacle, affirme-t-elle, avant d'indiquer le couloir devant eux. Jette un coup d'œil là-bas !

Lil Bébé Bonito tourne la tête avant d'éclater de rire.

– C'est juste Sac d'os !

Bébé Bonita regarde bien, cette fois. Et elle comprend que la silhouette n'est autre que la marionnette qu'ils ont fabriquée ensemble. Elle avait oublié qu'elle l'avait accrochée à cet endroit.

Tandis qu'elle commence à se sentir un peu plus rassurée, un grand courant d'air fait claquer la porte d'entrée... *VLAM !*

Bébé Bonita se met à trembler de la tête aux pieds. Il faut vite aller se cacher ! Son frère dans les bras, elle court vers la cuisine, quand soudain… quelque chose s'accroche à ses cheveux.

– Aaah ! hurle-t-elle. Le fantôme essaie de m'attraper !

– Mais non ! réplique Lil Bébé Bonito, hilare. C'est juste une fausse toile d'araignée ! Mais vas-y, continue ! J'adore ton spectacle !

– Ce n'est pas un specta…

La B.B. renonce à le détromper. Son cœur bat à mille à l'heure. Et il accélère encore

lorsqu'un nouveau craquement se fait entendre !

– Qui est là ? demande-t-elle.

Aucune réponse. Vite, elle reprend sa course, quand soudain… elle distingue des petites choses noires à ses pieds.

– Au secours ! Des araignées !

– C'est juste notre guirlande qui a dû se décrocher à cause du courant d'air ! s'amuse son petit frère. Tu es trop drôle, tu sais !

Eh bien, Bébé Bonita ne rigole pas beaucoup, elle ! Et elle

préfère quand même laisser les petites bêbêtes tranquilles – on ne sait jamais. Au lieu d'aller se cacher dans la cuisine, elle décide donc de changer de direction et de foncer vers la salle de bains.

En chemin, elle entend encore un craquement.

– Qui... qui est là ? bredouille-t-elle.

Toujours pas de réponse. Heureusement, la B.B. arrive enfin dans la salle de bains. Une fois à l'intérieur avec Lil Bébé Bonito, elle ferme la porte à double tour. Ça ne sert à rien lorsqu'on est poursuivi par un fantôme qui peut traverser les murs, mais Bébé Bonita a un plan…

– Espérons que ça découragera la sorcière et qu'elle emmènera son petit copain fantôme loin d'ici, suppose-t-elle.

Elle tend l'oreille. Comme plus aucun bruit ne résonne, la B.B. laisse échapper un énorme soupir de soulagement. Chouette, son plan a fonctionné !

– Ouf, je crois qu'on est sauvés ! chuchote-t-elle.

– Bravo ! se réjouit son petit frère. Ton spectacle d'Halloween était génial !

– Mon ange, ce n'est pas un specta…

Bébé Bonita veut lui dire qu'il se trompe, qu'elle n'avait rien prévu du tout. Mais, au même instant, une voix résonne dans le couloir.

– *Ouuuh ouuh ! Ouuuh ouuh !*

– Oh non, le fantôme est encore là ! s'affole Bébé Bonita.

Dans ses bras, Lil Bébé Bonito applaudit de plus belle.

– Youpi, le spectacle n'est pas fini !

À l'évidence, le revenant refuse de quitter la maison. Alors Bébé Bonita ne voit plus qu'une solution. Pour se débarrasser de lui, elle va devoir… l'affronter !

Bébé Bonita prend une profonde inspiration. Puis une deuxième et une troisième. C'est elle, la grande sœur. Et même si Lil Bébé Bonito n'a pas peur – au contraire –, elle doit le protéger. Avec tout le courage dont elle est capable, elle sort de la salle de bains.

– Sorcière, fantôme, montrez-vous ! ordonne-t-elle, d'une voix tremblante. Vous ne m'effrayez pas !

– *Ouuh ouuh ! Ouuh ouuh !* lui répond le revenant.

La B.B. résiste à son envie de décamper. Au lieu de ça, elle essaie de se montrer forte, pour Lil Bébé Bonito.

– Moi aussi, je peux faire « *Ouuh ouuh ! Ouuh ouuh !* », réplique-t-elle. Fastoche !

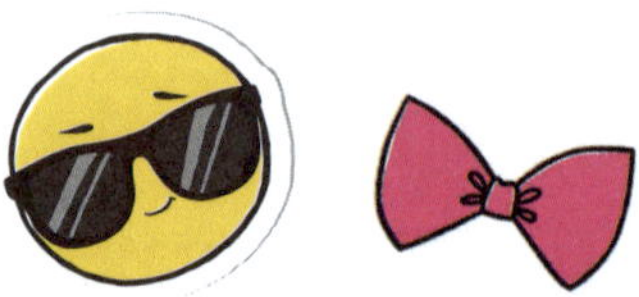

– *Ouuh ouuh !* répète le fantôme. Vous êtes là ?

– Pourquoi vous cachez-vous ? demande quelqu'un d'autre.

Pour Bébé Bonita, pas de doute : c'est la sorcière qui vient de parler. Ça ne va pas être facile d'affronter deux adversaires, mais elle va tout faire pour les chasser. Les voix semblent provenir du bas de l'escalier…

– Sois tranquille, je suis là, murmure Bébé Bonita à son petit frère.

– Oh, mais je suis tranquille, lui assure-t-il, tout à fait détendu.

Elle avance lentement sur la pointe des pieds. Il y a bien deux silhouettes, près de l'escalier. Mais comment les surprendre ? Ça y est, elle a trouvé ! Avec un air on ne peut plus dramatique, elle allume la lumière.

– Ha ha, je vous ai eus ! triomphe-t-elle.

Il ne s'agit pas d'une sorcière et d'un fantôme, mais… de deux B.B. au teint verdâtre.

– Les zombies nous attaquent ! hurle Bébé Bonita, paniquée.

Lil Bébé Bonito rit tellement qu'il en pleure.

– Ce ne sont que nos voisines ! révèle-t-il. Les lumières vertes, tu te souviens ?

Bébé Bonita tâche de se calmer. Puis elle observe les deux zombies de plus près. En effet, ce sont leurs voisines, à qui les lumières donnent un teint de mort-vivant. Qu'est-ce qu'elles font là ?

– On t'entendait crier et parler, explique l'une d'elles. Mais on n'arrivait pas à savoir où tu étais. À chaque fois qu'on croyait t'avoir retrouvée, tu filais dans une autre pièce. C'est pour ça qu'on t'a appelée : *Ouuh ouuh !*

– En fait, on voulait te demander du sucre, parce qu'on est en train de préparer des bonbons pour Halloween, poursuit l'autre. Comme tu as mis une pancarte « Entrez sans frapper ! », eh bien, on est entrées sans frapper.

Quelle émotion ! Bébé Bonita retrouve peu à peu ses esprits. L'imagination peut vous jouer de sacrés tours, parfois ! Et la peur n'arrange rien... Complètement rassurée, elle va d'abord chercher du sucre pour ses voisines. Puis elle raccroche la guirlande d'araignées sans trop trembler. Elle réussit même à passer devant le faux squelette sans avoir envie de fuir à toutes jambes. Un exploit !

– Bonne nuit, Sac d'os, lui souhaite-t-elle.

Elle dépose ensuite Lil Bébé Bonito dans son lit.

– Maintenant, mon ange, il est vraiment l'heure de dormir.

Heureux comme jamais, son petit frère a les yeux plus brillants qu'un clair de lune.

– Merci pour ton spectacle d'Halloween, c'était trop bien.

– Ce n’était pas un…, commence sa sœur, avant de sourire. Je suis contente qu’il t’ait plu.

Et, à son tour, elle s’endort à poings fermés…

Fin

L.O.L. SURPRISE!

As-tu lu les premiers tomes ?

L.O.L. SURPRISE!
À l'abordage, Captain B.B. !
LA BIBLIOTHÈQUE rose

L.O.L. SURPRISE!
Chaton en détresse !
LA BIBLIOTHÈQUE rose

L.O.L. SURPRISE!
La vie en fluo
LA BIBLIOTHÈQUE rose

L.O.L. SURPRISE!
Drôle de rêve !
LA BIBLIOTHÈQUE rose

L.O.L. SURPRISE!
LA BIBLIOTHÈQUE rose

L.O.L. SURPRISE!
Un dîner presque parfait
LA BIBLIOTHÈQUE rose

L.O.L. SURPRISE!
Vive l'aventure !
LA BIBLIOTHÈQUE rose

L.O.L. SURPRISE!
Coiffures sur mesure
LA BIBLIOTHÈQUE rose

L.O.L. SURPRISE!
Une mission pour Sis Cheer
LA BIBLIOTHÈQUE rose

L.O.L. SURPRISE!
Sur les chapeaux de roues !
LA BIBLIOTHÈQUE rose

L.O.L. SURPRISE!
Drôles de champions
LA BIBLIOTHÈQUE rose

REJOINS LE CLUB
L.O.L. SURPRISE!
RETROUVE TES POUPÉES L.O.L. DANS LEUR MAGAZINE OFFICIEL !
EN CADEAU : 3 SURPRISES L.O.L.
REJOINS LE CLUB
L.O.L. SURPRISE!
6
JEU CONCOURS : 20 POUPÉES LOL ALL STAR BB FOOTBALL À GAGNER
AU TOP !
ON S'OCCUPE DE TOUT !
TOUS LES DEUX MOIS AU RAYON PRESSE
TON MAGAZINE
+ TES CADEAUX
5,50 €
SEULEMENT
À CHAQUE PARUTION
SURPRISE SUCRÉE !
ROCK'N'ROLL ATTITUDE
COULEURS EN FOLIE
DES ACTIVITÉS
DES JEUX
PLEIN D'INFOS SUR LES POUPÉES L.O.L.
MGA
Panini Kids
www.panini.fr

Table

PAPIER À BASE DE FIBRES CERTIFIÉES

hachette s'engage pour l'environnement en réduisant l'empreinte carbone de ses livres. Celle de cet exemplaire est de :
300 g éq. CO_2
Rendez-vous sur www.hachette-durable.fr

Photogravure Nord Compo - Villeneuve-d'Ascq
Imprimé par Rotolito Romania en Roumanie
Dépôt légal : octobre 2021
Achevé d'imprimer : septembre 2021
68.5651.4/01 – ISBN 978-2-01-716238-4
Loi n° 49956 du 16 juillet 1949
sur les publications destinées à la jeunesse